KB130995

청어詩人選 409

우아한 변명

김종건 시집

청어

우아한 변명

김종건 지음

발행처   도서출판 **청어**
발행인   이영철
영업   이동호
홍보   천성래
기획   남기환
편집   방세화
디자인   이수빈 | 김영은
제작이사 공병한
인쇄   두리터

등록   1999년 5월 3일
          (제321-3210000251001999000063호)

1판 1쇄 발행 2023년 10월 20일

주소   서울특별시 서초구 남부순환로 364길 8-15 동일빌딩 2층
대표전화 02-586-0477
팩시밀리 0303-0942-0478
홈페이지 www.chungeobook.com
E-mail   ppi20@hanmail.net

ISBN   979-11-6855-192-3 (03810)

본 시집의 구성 및 맞춤법, 띄어쓰기는 작가의 의도에 따랐습니다.
이 책의 저작권은 저자와 도서출판 청어에 있습니다.
무단 전재 및 복제를 금합니다.

우아한 변명

김종건 시집

시인의 말

살아 있음을,
살아 있음의 이유를,
살아감의 정체성을 위하여.

차례

2부 란(瀾)

3부 만(萬)

4부   장(丈)

해설

1부

파(波)

때로는
보이는 것보다 사라지는 것이
기억하는 것보다 지워버리는 것이
만나는 것보다 끊어버리는 것이
나을 때가 있다

예순 즈음

봄에는 사는 게
누추하게 느껴질 때가 있다

언제 죽어도 이상하지 않을 나이

하루에 한 끼만 먹어도 사치인 것 같고
삼시 세끼를 다 챙긴다면 죄를 지은 것 같아
하늘을 올려다볼 수 없는 날이 있다
끓는 물 속에 통째로 던져 넣고 싶을 만큼
삶이 무기력해지는 날

십수 년을 정리 못 한 책장처럼
어디부터 손을 대야 할지
엄두가 안 나는 지난날들

가을 저녁의 단풍처럼 화려했지만
발밑에 부서지는 낙엽 같은 지금을
다시 주워 담을 순 없을까

봄은 되풀이되는 게 아니라
되살아나는 것
다시 살아온 봄날에
더 이상 존재하지 않는 사람도 있으니
되풀이되든
되살아나든
일단은 살아 있어야 한다

개장(改葬)

산을 개발한다고
이제는 얼굴도 기억나지 않는
아버지의 묘를 파내는 날

오십 년이 넘었지만
생각보다 많은 유골에
아들 셋 황당한 탄식만 교환한다

젊어서 죽은 뼈는 이리도 오래 가는가
무언가 미련이나 억울함이 남았는가
아니면 땅에 누워 있는 게 편안하여
흙으로 돌아가기 싫었던가

유골을 수습하는 건
다시 장례를 치르는 거라며
저승길 노잣돈 두둑이 놓으라는
일꾼들의 추임새가 의뭉스럽다

아버지 수십 년 만에 억지로 깨워
한 번 갔던 북망길로 다시 내쫓으면
고맙다 기다렸다 반가워하실까

돌아가는 길
코흘리개였던 아들 셋
이만큼 사느라 고생했다며
잘 가라고
다시는 볼 일 없을 거라고
한 번도 사주지 못한 솜사탕 닮은
조팝나무 여기저기 터뜨려 주는데

그 눈부신 길을 달리며
아들 셋은
입대하는 조카를 걱정하고
내려가는 집값에 우울해진다

*개장(改葬): 장사를 다시 지냄

4월, 오후

나는 박물관이라 했고
당신은 문학관이라고 했다

오래된 적산가옥에 전시된
그보다 더 오래된 근대소설들

정작 박물이든 문학이든
찾는 이가 드문 곳

둘만의 공간이 좋아서
난 계속 히죽거리고
당신은 소설의 여주인공들
목록을 훑으며 부끄러운지
자꾸 손으로 뺨을 가린다

입구의 직원은
졸음을 이기길 포기한 채
흐뭇하게 잠들어 있고
빈틈으로 들어온 햇살은
방심한 냉기를 쫓아낸다

이야기는
오래될수록 진부하지만
언제나
시작은 끝을
걱정하지 않는다

목련

미치겠다
아무리 찾아봐도
이 말밖에 없었다
아니,
이 말이라도 있어서
다행이다
봄이 있어
그대를 기다릴 수 있다
그대를 기다릴 수 있어
살아 있다
살아 있기에 그리워할 수 있어
다행이다

독백

기특하다
올해도 겨울을 잘 이기고
다시 살아나는구나

니들이 살아나는 햇수만큼
나는 그만큼 죽어가는구나

대견하다
너희를 마주할 시간은 줄고 있지만
이렇게 예쁘게 피어오르니
참으로 고맙다

슬금슬금
이른 봄볕 내려앉는 아파트 화단
어머님 혼잣말하며 하늘을 볼 때
망울 맺힌 꽃봉오리 하나
수줍게 웃고 있네

쓸 만한 이별

아파트 재활용 공간에
누가 책상과 의자를 버렸다
습관적으로 쓸 만한가 살펴보다
순간 주워가는 건 그만할 때라는
생각이 들었다

이제는 버리고 정리하는 게
더 어울리는 나이인데
들이기보다는 가진 것도 하나씩
보내는 게 익숙해질 시기인데

부드럽게 등을 토닥이는
석양을 돌아보며 반성한다

나는 쓸 만한 사람인가
아직 쓰일 곳이 남아있는가

가구든 전자제품이든 사람이든
아직 쓸 만하다는 것
그것은 이미 오래 사용하여
전성기는 훌쩍 지났지만

마무리 흔적을 그릴 수 있게 기회를 주는 것
누군가에게 뼈와 살을 내주고
헐거운 관절과 어긋난 갈비뼈로
힘겹게 버티고 있지만
그래도 이제부터는 나의 생을 살 수 있다는 것
등 뒤에 숨겨놨던 젊은 날의 욕망을
당당히 꺼내어 펼쳐보는 것

마음만 바쁜 인생의 저녁
쓸 만한 글감을 줍기 위해
노을이 말라가는 시장을 서성인다

후회스럽지 않게

그대 얼굴 보고 싶어 밤새워 간다
내게로 오지 않고 자꾸 멀어지는 손

왜 아름다운 기억은 지나가는 기차의
창밖에만 매달려 있는 걸까

놓아야 하지만 보내지 못하는 것들
돌이켜보면 참 시시한 미련

기다리면 올 것 같았지만
멀어짐에 길들여지는 시간들

그대가 떠나고도 내가 살아 있는 것은
돌아올 거라는 믿음 때문이 아니라
언젠가 잊을 수 있을 거란
허망한 이유 때문이었다

때로는
보이는 것보다 사라지는 것이
기억하는 것보다 지워버리는 것이
만나는 것보다 끊어버리는 것이
나을 때가 있다

그대를 사랑한 것이
후회스럽지 않게

부활절 소묘

슈퍼 앞 목련 한 그루
삼 일 전에 활짝 피었더니
어느새 후다닥 져 버렸네
꽃잎을 탈탈 털고
수굿이 다시 일 년을 준비하는

나 그대를 기다리듯

못생긴 노래

열일곱 아들의 생일에
선물 사줄 돈이 없어
시 하나 써주기로 한다

글로 밥 먹고 사는 유명작가들처럼
멋들어지게 쓸 능력이 없으니
그저 볼품없고 못생긴 한숨만 끼적이다
아이의 저금통에 몇 개 남은 동전을 후벼 꺼내
대낮부터 막걸리를 마신다

햇빛은 유쾌하고 바람은 따스한데
케이크도 없는 상 위에서
아비는 술에 취해 코를 골고
열일곱 아들은 바퀴벌레 인사하는
장판에 누워 휘파람으로 자장가를 불며
시 한 줄 써보기로 한다

아주 잘생긴,
아비를 닮지 않은,
구질구질하지 않고 취하지도 않는
튼튼한 시를 쓰기로 한다

잠깐, 봄

낮잠에서 깨어
창을 열고 두리번댄다

여전히 그대는 보이지 않고
낯설게 어루만지는 찬 공기에
붉으레

아직 오지 못하고
어디서 서성대고 있나

서둘러 살다 간
하루살이의 눈빛처럼
애끓는 손길
아주 살짝

이맘때면
나무는 남으로만 눕는다

잠에서 일어나
창을 닫고 나가보면
어느새
꽃 진 자리에 돋아난
안타까운 웃음

희망론(論)

당신은 한때
꽃이 피는 봄부터
숨을 쉰다고 했습니다

고무줄놀이를 할 수 있는
작은 마당에 봄이 오는 소리가 들리면
그제야 밖에 나와 제대로 된 호흡을
했다고 말했습니다

당신은 길을 가다 꽃 피는 소리가 나면
귀를 기울이곤 했습니다
왼쪽 발밑에 피는 꽃을
오른발이 기억한다고 했습니다
봄이 지나갈 때면 저 꽃들처럼
순간에 피고 순간에 죽고 싶다고 했습니다

그러나 아쉬워 마십시오
지구엔 하루도 꽃이 피지 않는 날이 없습니다
벚꽃이 지면 라일락이 피고
라일락이 지면 장미가 피고
5월에는 5월 꽃

6월에는 6월 꽃이 피고
가을에는 가을꽃
겨울에는 지구 반대편에서
꽃이 피고 있습니다

그러니 실망하지 마십시오
꽃은 늘 당신과 함께 있습니다

우리 옆의 꽃은 지고 있지만
지구 어디에서든 흐드러지게 꽃은 피어나
늘 당신 곁에서 숨 쉬고
당신은 늘 꽃이 되어 피고 있을 것입니다

몸살 날 땐 미용실에 가자

쓰러질 만큼 아픈 날엔
머리 뒤편 수북이 자란 후회를
자르기 위해 동네 미용실에 간다

자주 가는 집 말고
처음 가는 곳의 문을 열고 들어가
알아서 깎아 달라며 몸을 맡긴다

그곳엔 일면식이 없어도
남의 말을 잘 들어줄 가위가 있고
체면 때문에 참고 있는 손님 대신
소리 내어 울어줄 바리캉도 있을 것이다

운이 좋다면
고약한 슬픔 따위 싹 없애줄
염색이나 탈색을 반값에 할 수도 있을 것이다

사람은 때가 되면
미련의 우듬지를 잘라줘야 하는 연약한 나무
상처와 희망은 같은 속도로 자라지만
짧은 희망은 놔두고 긴 상처만 잘라낼 순 없을까

오늘은 아픈 사람이 많다며
장발만큼 더부룩한 눈물을 깎다 지친 미용사가
가위를 든 채 서서 졸고 있다

봄의 그늘

봄이 와도
눈과 얼음이 남은 자리가 있다
녹지 않기 위해 겨우겨우
버티는 작은 힘이 있다

우리 마음에도
그런 응달진 구석이 있다
꽃 피는 시간이 다가와 조바심은 나지만
녹으려 하지 않고
여전히 꽁꽁 얼어 있고 싶은

큰길의 목련 나무가 베어진 날
당신은 봄이 잘린 것 같다고 했다
그 가지들을 주워 와 국을 끓이면
봄이 몸속으로 들어와
겨울의 흔적이 사라질 거라고 했다

봄이 와도
포기할 수 없는 것이 있다

손바닥만 한 햇살에 도망가는 나약한 냉기
금 간 담장 구석에 수줍게 숨은 하얀 잔설
땅거미 지는 도로에 꼿꼿이 고개를 세운 북풍

그렇게 곧 떠날 겨울의 그늘을
짧지만 넉넉히 즐기고 싶다

2부

란(瀾)

아들이 이렇게 지질하게 사는 이유는
제멋대로 살다 쫄딱 망해서인데
뒷받침을 못 해줘서 그렇다고 자책하는
노모가 빨래를 들고 일어선다

저녁엔 삼계탕 해주랴?

밥그릇

저녁에 밥이나 함께 먹자는 말이
가장 반갑다

퇴근 후
고된 노동의 전쟁터에서 돌아와
혼자 차리고 혼자 받는 밥상은
얼마나 울적한가
집을 지키는 성주신이 겸상을 하자며
달려들어도 고맙다고 안아줄 것 같다

후미진 골목의 아주 작은 식당이라도
끼어 앉아 나누는 밥상은 정말 훈훈하다
거기서 퍼 주는 갓 지은 쌀밥이 좋다
그걸 가득 안은 밥그릇이 좋다
어제는 누가 먹었는지 오늘 점심엔
누구의 배를 채웠는지 모를 밥그릇이지만
그게 무슨 상관인가
그 안에 가득 담긴 푸짐하고 평등한
흰 밥이 그저 사랑스럽다

오랜 시간 큰 그릇이 되려고 발버둥을 쳤지만
살다 보니 삼시 세끼 따뜻한 밥 한 공기만 있어도
성공한 인생이더라

갓 지은 밥은 천국이다
이 저녁 나를 달래주는 밥그릇 하나와
마주 앉은 명랑한 인연들로 행복하다

그래서 이 말을 아끼지 말자
사람들아
오늘 저녁에 밥이나 함께 먹자

지붕 없는 집

어제부터 장마가 시작되었다

실외기 뒤에 둥지를 틀고
알에서 깬 새끼들을 감싸고 있는 어미 새

흠뻑 젖은 채 묵묵히
원래 젖어 있었던 것처럼 앉아 있다

저 새는 집을 지을 때
왜 지붕을 만들지 않은 걸까

집은 하늘에서 내리는 모든 것을
피하는 곳이라는데
새는 마치 젖는 것이 임무라는 듯
폭우에도 너무나 의연하다

비좁은 단칸방에 끼어 있던 새끼 하나가
숨이 막힌 지 비집고 나와 목쉰 호흡을 한다

지구의 흔하디흔한 한구석
한낱 먼지보다 못한 작은 움직임으로
정말 위대한 우주를 만들고 있구나

그래도 이름 모를 새야
비는 이번 주까지 내리고
곧 무더위가 찾아올 것이다
금방 비가 그리운 날이 올 것이니
지금처럼 조금만 참고 기다려라

머리부터 꽁지까지 온통 젖었지만
당당히 앉은 어미 새를 힐끔거리며
난 지붕 있는 집을 가진 것에 안도하면서
김치부침개에 막걸리를 들이켠다

여름 동화

안방과 거실의 경계가 없는 좁은 집에
책 본다고 구석에 자리를 잡았더니
빨래를 개던 노모가 고개를 쭉 빼며
말을 던진다

수박 주랴?

장마철 물 먹은 수박을
며칠 내내 핥고 있는 여름날
일이 끊겨 하릴없이 쉬는 아들을 보며
수박씨처럼 툭 뱉는다

뻥튀기 먹을래?

아들이 이렇게 지질하게 사는 이유는
제멋대로 살다 쫄딱 망해서인데
뒷받침을 못 해줘서 그렇다고 자책하는
노모가 빨래를 들고 일어선다

저녁엔 삼계탕 해주랴?

귀가

비 오는 밤이었다
꼭두새벽 양동이 가득 달걀을 담아
장사 나간 엄니는 돌아오지 않고
얼마 전 태어난 동생은
밤새 아비가 뱉어낸 각혈의 꽃밭 위에서
젖 달라 울어댄다
종일 굶은 누나는
감탕밭 같은 어둠 속을 헤매다니고
천둥이 내리다 개 짖는 소리에
화들짝 물러앉는 밤
새벽 비에 뻐꾸기가 머리를 감고
무덤 위로 안개가 피어오를 때
텅 빈 양동이를 인 엄니가
터벅터벅
공동묘지를 넘어오고 있었다

장마 혈전

며칠째 비는 내리고
피 냄새를 갈구하는 공사판 협객들
중원으로 모여든다

용접 무사! 포클레인 접주! 실리콘 검객! 전기 대인!
허리에 전대를 차고 오늘을 위해 칼을 갈았다

빗소리에 발광하는 부침개 군졸들!
살수들의 등장에 환호하는 막걸리 용병들!

무서움에 떨던 감자는 수없이 난자당한 채
쉰 김치와 함께 밀가루 속으로 매장돼 버리고
피 보기 좋은 날이라며 토막 난 부추들이 속삭인다

몇 순배 상대의 주머니를 염탐하는 건배가 돌고
이제 불콰해진 얼굴로 서로를 벨 시간!

재빠르게 손들이 움직이고 연이어 빠알간 피가
뚝뚝 떨어지는 좁은 방 안의 처절한 복수혈전!

밤새 비는 내리고
코 묻은 천 원짜리 몇 장만 바닥에 뒹구는데
자칭 공사판 고수들이 충혈된 눈을 비비며
쌍피를 찾아 화투에 몸을 날린다

영종도에서

바다에서 맞이하는 첫눈은 특별하네

끝없이 반복하는 하얀 수어(手語) 속에
개펄에 갇힌 무인도는 점점 이름을 잃어가고
길이 끊긴 자리에 멈춰 선 기억은
저녁이 되지 못한 채 그대로 얼어가네

젖지 말자
젖지 말자

파도에 매달려 울부짖고 싶었지만
밀물은 여전히 답장이 없고
눈에 젖은 고요만 서서히 녹아내리고 있네

말복(末伏)의 만찬

이십 년 만의 초대형 태풍이 온다는데
저녁 반찬이 없어 팔순 노모와 중년 아들은
비바람을 뚫고 보신탕을 먹으러 간다

국내산인지 수입산인지 확인할 시간 없이
누가 더 많이 먹나 허겁지겁인데
그만 먹고 집에 좀 가라고
창문들이 아우성을 친다

먹다 만 공깃밥은 뭐 하러 집어 드냐는
아들의 타박에
그러는 너는 소주 남은 건 왜 챙기누?

밤이 깊을수록 자개바람은 난리 치고
갈가리 찢긴 꽃들은 골목 구석에서
부들부들 떨고 있는데
왼손에 밥 봉지를 든 엄니와
오른손에 소주병을 든 아들은
우산이 날아갈까 꽈악 매달린 채
폭우 속을 걸어간다

첫사랑

그대에게 편지를 쓰다가
그 종이로 비행기를 접는다

너무 오래되어서 아련한 것들이
한두 가지가 아니겠지만
두근두근 설레는 마음으로
우체국에서 우표를 사고
떨리는 손으로 빨간 우체통에
편지를 넣던 순간을 기억한다

모두가 시인이었던 그때
세상에 존재하는 온갖 언어를 불러와
밤새 부푼 기대와 희망으로 백지를 가득 채웠지만
아침이면 안절부절 어쩔 줄 몰랐던 순수의 시절

이제 우체국 사거리에 우체국은 없고
얼마 전까지 있던 우체통도 사라졌다

밝게 빛나며 은하수를 횡단하던
애절한 사연들은 다 어디로 갔을까

잊지 않으려 해도
너무 빠르게 곁을 스치는 것이 있다

이제는 편지를 부치는 것보다
종이비행기로 날려 보내는 것이
더 깊숙이 당신의 마음속에 닿을 것 같다

땀띠

그냥 이런 날도 있다 하자

전철이나 버스의 막차가 끊겼을 때
우왕좌왕 대로에서 헤매지 않고
차라리 가로수의 우듬지가 되어
그 자리에서 퍼질러 쉬고 싶은 날

어찌어찌 집에 오니
로봇 태권V처럼 평생 아플 것 같지 않던
노모가 몸져누워 있고
용돈 달라고 보채던 두 아들은
아빠마저 아플까 눈치 보며 게임에 몰두하는데
거기에 발맞춰 안방 형광등이 수명을 다한 날

전파사는 문을 닫고
옷을 갈아입을 새도 없이 쌓인 설거지 앞에 설 때
등 언저리에 스멀스멀 피어오르는 게 있다

서둘러 치우고 욕실에 들어가면
등 여기저기 여름 한낮을 파고든 노동의 흔적이 솟아 있고
아무리 애써도 손이 닿지 않는 곳은
벽에 약을 바르고 등으로 문지른다

밤새 가려워 잠을 설치고
아침이면 다시 땡볕 속으로
몸을 던져야하는 들쥐의 삶!

그래도 전철이나 버스의 막차가 끊겼을 때
길가의 나뭇잎처럼 새벽이슬에 젖지 않고
기어들어올 집이라도 있으니
다행이구나 싶은 날 있다

철들 때를 기다린다

외로울 때면 비가 내린다

6월의 빗소리는
아직도 철들지 않은
나를 타박하는 채찍이다

철 좀 들어라
수십 년 동안 되풀이한
어머님의 간절함

태어나고 수 없는 계절을 넘어왔지만
여전히 내 멋대로 살며
이유 없이 사람들에게 비수를 찔러 댔다

그것이 잘못인 줄 몰랐다
옆에 있는 모두가 떠나가도
철은 자연스레 찾아오는 줄 알았다

내 어리석음을 꾸짖는 빗소리

비를 맞으며
아들이 철들기 기다리던
어머님의 애원을 되새긴다

비는 철을 가리지 않고
외로울 때만 내린다

요란스럽지 않게

아득바득 살지 않기로 하자

밤이 깊으면 별이 길을 잃고
유성(流星)을 기다리면 새벽이 오지 않는다는데
이제 어둠을 좋아하지 않기로 하자

하얀 초승달이 뺨에 내릴 때면
바알간 꽃들이 수줍게 문을 열고
두드러기 돋은 목련은 첫차 탈 준비를 한다

계절에 맞게 잘 익은 상처들

이렇게 사랑은
손톱 밑 가시처럼 따끔거리지만
요란스럽지 않게 조용히 다가가
그대의 손길을 느끼고 싶은 것

당신을 그리워하는 봄날 하루 종일

섣달그믐

뭐하나 한 것 없어도
때가 되면 배가 고프다

습관처럼 허기를 채우고
후식으로 또 채운다

어김없이 한해가 지나고
이미 수많은 날이 흘러갔지만
놓지 못하는 것이 있다

오래전에 채웠어야 할
아쉬운 그 길에 남겨진 많은 씨앗들

정말 흘러간 것은 다시 채울 수 없을까

어른이 된 그대의 손에
새롭게 싹이 피기를 조심스레 불어본다

아련하다

새벽달 속에 꼭꼭 숨겨 뒀다
누군가의 발길에 살점이 파이면
측은하게 꺼내보던

아파트 베란다 실외기 뒷쪽
알을 품고 있는
이름 모를 새의 간절한 눈망울

약국 건너편 작은 공간에 피었던
미치도록 하얀 목련꽃
찰나 같은 봄날에 무릎 꿇으며
묵묵히 쏟아져 내리던 이파리들

또 책 내려고?
저녁 밥상 위 된장찌개와 함께 놓이던
어머니의 퉁명하고 구수했던 잔소리

그렇게
언제나 그 자리에 있었지만
돌아보면
언제나 그 자리에 없었던

이제는 닿을 수 없는 발자국을

다시 한번만
다시 한번만

3부

만(萬)

다들 어떻게 살았는지 구구절절이 없어도
낡은 외투에 때가 낀 손톱을 보며 고개를 끄덕이고
더는 염색을 했냐 안 했냐 소리를 높이지 않을 때
누군가 오래된 파우치를 꺼낸다

산에서 내려가기

가끔 오르는 앞산 약수터에
고개를 끄덕이게 하는 글이 있다

안 온 것처럼 다녀가세요

십 년 이상 그곳에 걸려 있는
문구를 볼 때마다 시인보다 더욱
시인다운 이가 여기도 있었구나 감탄한다

처음엔 쉼터를 깨끗이 사용하라는 말로만 알았는데
계절의 흐름만큼 수십 번 오르다보니 이즈음엔
흙으로 돌아갈 때 지구상에 원래 없던 것처럼
살았던 자리를 잘 정리하라는 경고로 보인다

다행히 능력이 없어 모아둔 것도 없고
이름을 얻지 못해 흔적을 남길 여지가 적으니
모든 것 내려놓을 멀지 않은 날
조금은 욕을 덜 먹겠구나 위안이 된다

장마가 지나고 오랜만에 햇살이 드는 오후
퇴색되고 맞지 않아도 아까워 버리지 못하는
오래된 옷과 신발을 꺼내
묵은 냄새를 없애는 연습이나 해야겠다

이곳에 오지 않은 것처럼

걸어서 세계 속으로

팔순도 한참 넘긴 어머니가
가장 좋아하는 프로그램
재방송만 다섯 번 넘게 보면서도
TV에 들어갈 듯 넋이 빠진다

어느 나라를 그렇게 가고 싶으신 걸까
어디를 그렇게 걷고 싶으신 걸까

아침 일곱 시에 가득 밥 드시고
한 시간 지나 출출하다
또 삼십 분 지나
아침을 안 먹었더니 배가 고프네
투덜대며 냉장고에 매달리는 어머니

더 늦기 전에 루브르 박물관에 가야 하고
더 잊기 전에 그동안 시청했던 모든 도시를
한 번씩은 돌아봐야 하는데

체력 먼저 만들려고
하루에도 다섯 끼를 드시는 걸까

조금 전 저녁 밥상을 치우자마자
너는 왜 늙은 애미 밥을 굶기냐
째려보며 밥솥을 끼고 앉는 어머니

시그널이 들리자 다시 TV 속으로 들어가
왼손에 운동화 하나 들고
오른손엔 숟가락을 꽉 거머쥔 채
남미의 어느 도시를 씩씩하게 걷고 있다

고시원 유 씨(氏)

담배 연기 찌든 좁은 방 안에
온갖 냄새 겹겹이 들러붙어도
술에 취해 잠만 잘 잔다

월세는 벌써 세 달 밀리고
보증금 백만 원은 날름날름
거의 남지 않았는데

육십이 넘도록 공사판에서 굴러도
등골 터진 지갑엔 찬바람만 가득하고
장가 한번 못 간 채 숨겨둔 자식도 없으니
잘 살아온 인생은 아니네

근처 술집들 외상은 차곡차곡 쌓여가고
여기저기 삭신은 쑤셔대는데
쉬는 날엔 술은 더 고프고
김포공항 앞 고시원 하늘에 왜 그리
비행기는 자주 날아가는지

또 꽃 피는 봄이 왔다고
사흘이 멀다고 비는 내리는데
노래방 아줌마의 외상값 갚으라는 소리가
절은 속옷 속에서 밤새 메아리친다

그리운 동화

우리 중에 시인이 하나쯤 있어서
외국 남편에게 어깨가 선다는 십 년 전 이민 간 친구
나도 코쟁이 남자와 사는 친구가 하나쯤 있어서
얘깃거리가 된다며 서로 깔깔 웃는다

어느새 친구 중 몇은 죽고 몇은 손주를 보고
몇은 소식이 끊기고

누구는 골다공증과 우울증이 심해졌다며
갱년기 약을 챙기고
또 누구는 더 늦기 전에 도장을 찍을 거라며
소주를 들이밀 때
한숨 사이로 무궁화 꽃이 피고 진다

다들 어떻게 살았는지 구구절절이 없어도
낡은 외투에 때가 낀 손톱을 보며 고개를 끄덕이고
더는 염색을 했냐 안 했냐 소리를 높이지 않을 때
누군가 오래된 파우치를 꺼낸다

수없이 되씹어 너덜너덜해진 코 묻은 얘기에도
박장대소하고
철 지난 농담에 주름살 하나 더 보태도 지루하지 않은

거기 하나쯤은 나의 첫사랑이었고
다른 하나쯤에겐 내가 첫사랑의 아픔이었던

이제 이민 갔던 친구마저 하늘에 있는데
언제 또 오는가 그날은
그때를 닮은 풋풋한 봄날은

시덥지 않은

'시덥지 않다'라는 말을 사전에서 찾다가
문득, '시답지 않다'라고 보여 화들짝 놀랐다

'보잘것없어 마음에 차지 않다'는 뜻이
나의 하찮은 시와 정확히 맞아 쓴웃음이 났다

보잘것없어도 누군가에겐 십자가가 되어주고
마음에 차진 않아도 길을 잃은 사람들에게
위로가 될 수 있기를 바랐는데

아직도 나의 시는
오래전 탈출한 지하방에 갇혀 있고
누구도 위로 못 한 채
먼지 나는 이면지 모서리만 헤매고 있으니

이제 그만
시덥지 않은 이 짓을 때려치우고 싶다

소나기

살면서 뒤를 돌아보는 일이 한두 번이냐마는
나이의 무게가 더할수록 그 횟수가 점점 늘어간다

이제껏 신발을 몇 켤레나 갈아 신었는지
기억하는 사람은 없겠지만
걸을 때 신발 끈 두 개가 한꺼번에
풀어지는 일은 없었다네

사는 것도 비슷해서
허리를 두 번 숙이지 않을 만큼의 상처만 찾아오고
견딜 수 있을 정도의 아픔만 맺힌다네

그래도 끈을 묶는 것이 너무 힘들다면
그 자리에 퍼질러 앉아 오래도록 숨을 고르고
힘이 돌아오도록 눈물로 애원해보세

잠자리 교미하는 어스름 저녁
침묵이 내려앉는 골목길에
오래도록 기다린 소나기가 내린다

골목에서

걷다가
뒤에서 속삭이는 기척에
돌아본다

멍하니

그곳에 있었네
수십 년 찾아 헤맨 것
그 사이에 모두 있었네

당신을 닮은 상처투성이 바람과
메마른 입김이 시작되는 곳

이제라도 나타남에 감사하다

이토록 비루한 미생을 위해 마련된
화려한 만찬!

산다는 건
좁디좁은 골목을 겨우 지나쳐
먼지 가득 묻은 옷을 미련 없이
벗어 던지는 것이다

해피 뉴 이어

새해가 되자마자
수십 년 전 결혼선물로 받았던
뻐꾸기시계가 멈춰 버렸다

옛날옛적에 끝나버린 관계보다
몇 배나 많이 사시사철 울어댄 뻐꾸기가
주인만큼 나이가 들어 기력이 다했나 보다

처음엔 건전지를 갈고 태엽도 돌려가며
겨우 호흡을 살려봤지만
응급처치 5분을 넘기지 못하고
가쁜 숨을 몰아쉰다

그동안 참 애썼다

가난하고 철없는 주인 만나
서러운 꼴 궁색한 꼴 못 볼 것 다 보며
평생을 벽에 걸린 채
거미줄 가득한 먼지 이불에 덮혀서
얼마나 답답했을까

한 번이라도 공기 좋고 넓은 숲에서
마음껏 제 목소리로 울어봤다면
여한이나 없었을 텐데

심장이 멈추는 순간
힘겹게 주인의 손을 잡은 뻐꾸기가
귓가에 마지막 유언을 속삭인다

뻐꾹 뻐꾹 뻐꾹 뻐꾹 뻐꾹
새해 복 많이 잡수시고
뻐꾹 뻐꾹 뻐꾹 뻐꾹
새해 봉 되지 마시옵고
뻐꾹 뻐꾹 뻐꾹
새해 봄맞이 잘하시길
뻐국 뻐꾹
뻐꾹

뻑!

단풍놀이
-선구에게

너 가던 날
꽉 막힌 도로를 붙잡고 애원했다
한 시간만 기다려

그다지 분주하지 않던 조문객마저
갈 길 멀다 서둘러 빠져나가고
저물고 싶지 않아 이 악물고 버티던
어둠이 스멀스멀 자리를 차지할 때

생전 어색함이 무서워
남들과 식사 한 번 제대로 못 하더니
죽어서야 어울리고 싶었나
이 식탁 저 식탁 너의 사연이 가득하다

너는 가고 나는 남아
익숙한 길 하나 없는 먼 곳에서
너의 벗은 몸을 보며 염을 하고
마지막 각혈의 흔적을 닦는다

가로등 휘도록 가을밤은 내려앉고
밤새 곡소리를 따라 하던 나무들은
술에 취해 빨갛게 익어가는데
발길 끊긴 너의 영정 앞에 향을 피우며
올해 단풍놀이는 어디로 갈까
부질없는 고민을 한다

독거(獨居)

어머니 병원에 보내고
아이들 방 얻어 나가니
베란다에 새가 둥지를 틀었다

기운도 없는 홀아비 혼자 산다는 게
그들의 동네방네 소문이 난 걸까

사람의 온기가 빠진 자리에
시도 때도 없이 새들의 수다가 채워진다

삼십 년 넘은 아파트라
걸을 때마다 삐걱대는 소리가 들리고
몇 년 전 교체한 전등은 초점이 맞지 않아
눈만 깜박이며 들어오지 않는다

혼자 있어도 때가 되면 어김없이 배가 고프고
집안일은 어째서 해도 해도 끝이 없는지

찾는 사람이 없어 종일 한 마디도 할 일 없으니
단어는 도망가고 문장은 새 소리에 날아가 버린다
이참에 쟤들의 언어를 배워볼까?

봄꽃은 진작 떨어지고
햇살은 더욱 달궈지는데
나는 점차
꿈과 현실의 경계에 서 있던
어머니를 닮아간다

환절기의 노래

종일 잔다

그저 죽은 듯 자는 게
편안할 때가 있다

이 식어버린 육신에
사랑의 격렬함이 다시 올까

잠만 쏟아지는 겨울과 봄 사이
몽롱한 천국과 지옥 근처
노을은 관대하게 고루 퍼진다

떠나야 할 날은 가까워지고
사랑엔 더욱 목 마르다

이즈음엔
한없이 낮아지는 연습이 필요하다

가훈

이놈의 콩가루 집안
다 함께 죽어버리자

서슬 푸른 부엌칼을 휘두르는
형 앞에서 누나는 벌벌 떨었고
이제 막 초등학교에 입학한 동생은
경기(驚起)를 하며 고래고래 울었다

행상을 나간 엄마는 오지 않는데
보름달은 왜 그리 아름다운지

벽에 걸린 채
달빛으로도 환하게 눈이 부시던

가화만사성(家華萬事成)

파란만장한 영화를 만들고 싶다

오늘도 수고했다
가련한 몸뚱이여

내가 원해서 착륙한 지구는 아니었지만
파란만장 이 악물고 잘 버텼다

파란(波瀾)은 나의 본능
희망에 거부당하고 직선을 무시하며
앉아 있기를 포기한 나의 원죄(原罪)

지나온 발자국에 숱한 과오를 남겼지만
이렇게라도 살아준 나를 위해 영화 한 편
만들고 싶다

시나리오는 〈빠삐용〉*처럼 먹먹하면서도 간절하게
주인공은 〈포레스트 검프〉*처럼 어리숙하지만 한 길만
달려가는
거기에 〈쇼생크 탈출〉*의 처절한 생존 능력과
〈다이하드〉* 같이 절망의 굴곡을 끝없이 헤쳐나가는

그렇게 내 인생을 닮은

파란만장한 영화를 만들고 싶다
그리고 유별난 내 옆에서
조마조마 길을 인도해준 이들과
나로 인해 가슴에 비수가 꽂힌 사람들을 초대해
시사회를 열고 싶다

영원히 개봉은 못 하겠지만
허풍으로 가득한 홍보 전단에는
이렇게 써야겠다

그동안 고마웠습니다
천국 초대권 만 장 준비했습니다
빨간 거 말고 아주 파란 거로 만 장을!

많이 와주세요 선착순입니다!
개봉박두!!

*빠삐용: 프랭클린 J. 샤프너 감독, 스티브 맥퀸, 더스틴 호프만 주연의 영화(1973)
*포레스트 검프: 로버트 저메키스 감독, 톰 행크스 주연의 영화(1994)
*쇼생크 탈출: 프랭크 다라본트 감독, 팀 로빈스, 모건 프리먼 주연의 영화(1994)
*다이하드: 존 맥티어넌 감독, 브루스 윌리스 주연의 영화(1988)

4부

장(丈)

공원에 가득했던 새들은 줄지어 눈이 되어 내리고
팥죽 대신 콩나물에 함박눈 비벼 먹는 새벽
달이 해가 되는 시간에도 어둠은 여전하고
별은 집으로 가는 것도 잊은 채 잠들어 있는데
나무에 쌓인 눈이 꽃으로 뚝뚝 떨어질 때

우아한 변명

너… 예전엔 이렇지… 않았는데…

햇빛도 들지 않는 병원 면회실
두 손에 든 바나나 우유 하나를 빼앗는 아들에게
당신은 띄엄띄엄 얘기했습니다

엄마도 예전엔 이러지 않았어

난 카스텔라를 떼어주며
건성으로 말대꾸를 했고
당신의 빠진 이 사이로 흐르는
우유를 연방 닦았습니다

그해 봄
당신은 우주를 넘나들었습니다
한 시간 전에는 남해안을
두 시간 후에는 일본을 방황했습니다
몇 푼 안 되는 돈을 지킨다며
눈이 빨개지도록 잠을 자지 않았습니다
내가 먼저 살아야 했습니다

나도 같이 집에 가면 안 되냐…

면회한 지 십 분도 지나지 않아
도망치려는 아들에게 당신은 울먹이며 말했습니다

엄마가 건강해지면 언제든 갈 수 있어

난 마음에 없는 말을 하며
당신이 떼쓰고 매달릴까 더럭 겁이 났습니다
저녁에 들르겠다는 아들의 문자만
잊어버릴까 확인하고 또 확인했습니다

나도 데려가지…

꼭 잡은 손을 놓지 않으며
당신은 아이처럼 칭얼댔습니다

엄마 여기서 잘해주잖아 자주 올게

두 달 만의 숙제를 처리한 아들은
카스텔라 하나로 효자 노릇을 다했다며

다시 배냇정(情)을 당당히 벗어 던지고
뿌듯한 마음으로 병원을 나섭니다

예비군 훈련 때문에 오랜만에 집에 온 아들이
반가움을 참고 있는 아비에게 무심히 한마디 던집니다

아빠 예전엔 이렇게 늙어 보이지 않았는데…

그 말이 수상쩍어
밤새 잠이 들지 못하고 찬 우유만 들이켭니다

그냥, 봄

미안해요
신을 벗어야 하는데
발을 씻지 않았네요
그냥 들어가면
아플 것 같아요
이 꽃들

사십이 넘으면
꽃이 피지 않을 줄 알았어요
오십 즈음엔
봄이 안 오리라 믿었지요

송홧가루만 날려도 고마운데
하늘은 왜 이리 자꾸 웃고 있나요

이름을 지어주고 싶어요
오늘 신은 양말이 너무 예뻐서요
그래요 그냥
킥킥

공원에서

빨갛게 익어가는 노을이 앞길을 막는다
십수 년을 이곳에 살았어도 이런 화사한 하늘이
숨어 있다는 걸 눈치채지 못했다

봄빛 남아있는 놀이터엔 옷깃 여미는 바람 드나들고
누군가 즐거웠을 발자국엔 웃음소리 배어 있다

살아 있는 모든 것은 소리를 낸다 라는 문장에
밑줄 치고 산 수십 년
이 악물고 걷던 젊은 날들
노을처럼 타버린 꿈은 밤마다 신열을 토하고
정작 발성 연습은 제대로 안 하면서
소리내기에만 급급했다

죽을 만큼 싫었던 것들과 타협하며
어느새 소멸해간 욕망들
이를 갈며 증오하던 것들과 악수하며
닮지 않으려 애쓰던 것들을 포옹하려 애썼다

어머님의 아침기도처럼
산다는 건 늘 메아리 없는 기다림이었다

하늘엔 뜨는 달 인지 지는 해 인지 더욱 타들어가고
이제 곧 봄꽃이 흐드러진다고
더는 소멸할 것도 없다고
이제부터는 소리만 내면 된다고 되뇌며
흔적 없이 자리를 떠난다

입동(立冬) 근처

가을이 물든다는 말도 좋지만
겨울이 내린다는 말은 더욱 넉넉하다

말라가는 들풀을 보며 자각한다
몇 번이나 남았는가

땅을 빌려 숨 쉬는 모든 것들

질기게 상냥했고
서늘하게 무지했던 풋풋한 노래들

쓰러질 때마다
길가에서 종점에서
잡아주던 우둔한 손길

지금은 어디서 내리고 있는가

그늘에 집착했던 한 시절
서툴던 그때를
이제는 덮기로 한다

12월

잃어버린 아들의 가방 안에는
무엇이 들어 있을까

만취해 쓰러졌던 대학가 뒷골목엔
불타버린 식도와 버려진 목소리가
세찬 바람에 벌벌 떨고 있고

아무리 불러도 대답 없는 그림자

내년에도 지하도에는 눈이 더 내리겠지

개기월식

사랑한다의 반대말이
미워한다, 사랑하지 않는다가 아니라
사랑했었다라는 것을 깨달았을 때
당신은 이미 산을 넘고 있었다

내 미련함만큼 길게 뻗은 우듬지의 그림자
수십 년을 어설프게 살았던 치욕의 이력서를 감추고
또 하루를 가방 안에 욱여넣는다

지난겨울은 참으로 추웠다
몇 날 며칠 계속되는 한파에 움직이는 모든 것은 얼어붙고
마른 나무 사이로 겨우 소식을 전하던 낮달은
이른 어둠 속에 갇히곤 했다
하릴없는 글쟁이들은 낮술에 취해 백 원짜리 화투판을
벌이고
건너편 파란 대문 집 늙은 개는 강장거리며 종일 짖어 댔다

그게 직업인 것처럼 철저히 깨지고 열심히 도망친 젊은 날
계절을 무시한 그 수많은 착오의 날은 새벽이슬로
부활할 수 있을까

달은 개 짖는 소리에 놀라 잿마루에 떨어져 헉헉대고
치료를 거부한 꿈은 늪으로 남아 멍에처럼 달려드는데
그래도 사랑이 밥 먹여 줄 거라는 믿음으로
다시 산을 넘는다

겨울, 포구에서

물 빠진 포구에서 나는 알았네
왜 사랑은 겨울바람과 함께 오는지

물때만 되면 몰려오는 소금기와 비린내
희망을 싣고 떠난 배는 무엇을 거두고 돌아오는가

이 악물고 지나온 그 길이 자꾸 지워진다고
거기 머물러 버린 꿈이 어느새 녹아 없어졌다고
불씨를 후벼 파 보지만 까마득히 꺼지는 눈발

바다는 당신을 닮아 이리도 예쁜가

오늘도 북풍은 그대의 귓불에서 먼저 불어오고
눈가에 돋아난 눈물을 미처 닦아주지 못했는데
또 폭설 속에 하루가 진다

미안하다
내 사랑이여

여자 빨래가 없는 풍경

남자 내의만 걸린
건조대 뒤의 노을은 자유롭네

그 거실에서
오래 혼자 놀고 있네
술이 그리우면 언제든 마시고
노래하고 싶을 땐
세상에 폐 끼치지 않으려
구석에서 불렀네

보이지 않던 것들
잊고 지냈던 것들이
새삼 뭉클하게 다가오는 시절

무서운 것은 혼자 있는 것이다
혼자라는 것은 생각이 많아지는 것이다

남자 빨래만 있는 거실은
그래서 서늘하다

바느질을 하며

수명이 다 되어 깜박거리는
형광 불빛 아래 바느질을 한다

어머니가 그랬던 것처럼
돋보기를 쓰고 겨우겨우 바늘귀에 실을 꽂아
나의 구멍 난 양말과 아이들의 터진 옷을
얼기설기 꿰맨다

하늘엔 구름 한 점 없이
환한 보름달이 발그레 미소 짓고
닳고 닳은 속옷에선 홀아비 냄새가 찌들어가는데

삶이란 그렇더라
끊임없이 무지개 근처를 배회하다가
서서히 소멸하는 것
한 번쯤 생계를 이기고 싶었지만
결국은 누구의 우산으로 남는 것
두 발로 걷고 싶었지만
언제나 한 쪽은 금이 가고 기울어지곤 했다

사랑도 그렇더라
하염없이 기다리거나 처절하게 포기하는 것
적당한 시간이 흐르면 유통기한에 상관없이
홀로 남겨지는 것
수선하지 못하는 옷들을 버리며
그리운 냄새를 태우곤 했다

평범하게 산다는 건 얼마나 큰 행운인가

거실 바닥엔 실밥 터진 이력서가
일렬종대로 바느질 순서를 기다리고
곰팡이 춤을 추는 벽에선 궁상맞은 한숨이 기어 나
오는데
이 바늘로 구멍 난 과거를 메꿀 순 없어도
봄바람 솔솔 파고드는 관절은 치료할 수 있지 않을까

그래도 보름달 아래서 바느질을 하면
쵸코파이 한 박스 먹은 것마냥 배가 부르고
수명이 다 되어 깜박거리던 인생이 부활하는 것 같아
밤새 구멍 난 양말과 닳은 속옷을
꿰매고 또 꿰맨다

하루

오늘도 빈손으로 날이 기운다

화장실이 가고 싶어
어쩔 수 없이 일찍 일어나는 새벽

다시 잠드는 것보다
길게 주어진 하루에 감사하며
오늘은 꼭 밥 값할 시(詩) 한 편
건질 거라 자신했지만

아침 먹고 한 잠
점심 먹고 두 잠
어제와 똑같은 되새김질을 한다

약 올리며 도망 다니는 절실함
이제껏 나를 비껴간 희망은
잠으로만 찾아오는가

일주일째 단어 하나 올리지 못한 백지엔
거미가 기어 다니고
천둥 번개보다 더 크게 들리는 시계 소리엔
조바심의 한숨만 더해가는데

어제가 될 내일을 향해
오늘 또 속절없이 하루가 늙어간다

갱년기의 밤

늦은 밤
아파트 주차장으로 들어오는 차는
도둑질 온 것 같다
두 눈에 환히 불은 켰지만
누가 깰까 슬금슬금 진입한다

그러다 세상 무서울 것 없는
배달 오토바이의 굉음이 들리면
차는 꽁지 빠지듯 사라지고
소리에 깬 사람들
화장실에 다녀오다 밖을 살핀다

동틀 녘은 아직 멀었고
잠은 은하계 밖으로 달아났는데
냉장고에 붙은 치킨집 스티커를 보며
저녁에 먹다 만 소주 반병이 그리워진다

동지(冬至)

밤이 가장 길다는 날에
내리는 눈을 받아 콩나물을 무친다
안개처럼 피어올라 그대 얼굴을 가리는 훈김

눈이 오면 천천히 다녀요
머리에 쌓이는 것이 눈인지 흰머리인지
알아볼 수 없게

수줍은 미소에
처음 복사뼈 스치던 순간이 떠오른다

공원에 가득했던 새들은 줄지어 눈이 되어 내리고
팥죽 대신 콩나물에 함박눈 비벼 먹는 새벽
달이 해가 되는 시간에도 어둠은 여전하고
별은 집으로 가는 것도 잊은 채 잠들어 있는데
나무에 쌓인 눈이 꽃으로 뚝뚝 떨어질 때

돌아보면 또 무수히
날아가는 흰나비들

그리운 사람이 되고 싶다

나 죽은 후
왜 먼저 갔냐고 통곡하며
슬퍼해 줄 사람이 있으면 좋겠다

발인하고 사흘이 지났어도
벌써 보고 싶다며 가로등에 기대어
하늘을 올려다보는 사람이 있으면 좋겠다

한 달이 지났는데도
자꾸 떠오른다며 사진을 찾아보고
눈물을 글썽이는 사람이 있으면 좋겠다

일 년이 지나고
삼 년이 지나도
내가 기댔던 목련 나무의 꽃이 몇 번 떨어지고
아스라한 기억 속에 낙엽이 차곡히 쌓여가도
가끔은 떠올리며 미소 지을 수 있는

그런 사람이 되고 싶다

우아한 시작(Reborn)을 위하여

-김종건, 『우아한 변명』에 대한 감상

권정희

(前 추계예술대 문학부 강사)

해설

우아한 시작(Reborn)을 위하여
-김종건, 『우아한 변명』에 대한 감상

권정희

(前 추계예술대 문학부 강사)

1. 여름날, 인터뷰

  시인은 찰스 디킨스의 책을 읽고 있었다. 정확히 『두 도
시 이야기』란 제목의 책이었다. '프랑스 혁명이 배경이었
던 것 같은데…' 옛 기억 속에 묵혀 두었던 책의 내용을
간신히 불러내려던 참이었다. 눅눅한 여름 장마의 틈새로
새 나온 쪽빛이 책 사이에 내려앉았다. 책과 시인 사이로
은은한 빛의 아지랑이가 일었다. 요란한 비처럼 동요하
지도, 숨 막히는 더위처럼 일렁이지도 않는, 몹시 평온하
고 싱그러운 장면이었다. 시인이 반색을 건네는 것도 잊
은 채 나는 우두망찰 한 폭의 그림과 같은 순간에 스며
들었다.

  "대체 어떻게 시를 쓰세요?"

삶 속에서 세 번째 자기완성을 맞이할 수 있다는 것은 어떤 의미인가. 세 번째 개인 시집을 엮어낸 시인을 향해 나는 묻고 싶었다. 살다 보면 누구나 한 번쯤 시에 대한 열망을 가져보기도 한다. 그러나 그 열망을 한 가지 길로 꾸준하게 연결시킬 때, 그것은 희생이 되고 완성이 된다. 꾸준함을 담보하지 않는 한, 희생을 감수하지 않는 한 열망은 결코 완성될 수 없기 때문이다. 내가 아는 시인은 두 아들을 키우는 가장이자, 실리콘 기술을 능숙하게 발휘하는 건설노동자다. 그나마 장성한 아들들은 출가를 해서 부담을 덜었지만, 여전히 한낮 대부분의 시간을 현장에 걸어두어야만 하는 시인이었다. 그에게 있어 시를 위한 꾸준함이란, 기꺼운 희생이란 대체 어떻게 허락된단 말인가. 나는 가슴 한편에서 서너 번도 넘게 고개를 가로저었다.

그러나 묻지 않기로 했다. 올곧게 써낸 오십여 편의 시는 이미 시인의 것이었다. 꾸준하게 지켜낸 열망으로 또 한 번 완성의 순간을 맞이한 그는 누가 뭐래도 시인이었다. 곧 대체 어떻게, 얼마나 많은 것을 견디기에 이토록 오롯이 써낼 수 있느냐는 질문은 아무래도 외람되다. 에어컨에서 흘러나온 엷은 바람에 커피가 출렁였다. 어쩌면 내 마음의 흔들림이었을지도 모를, 분명한 감정. 그것은 경외감이었다.

"정말 꾸준하세요. 직업이라 그런가요?"
"내 직업은 노가다지요."

"네? 그럼 시인이 아니란 말씀이세요?"

물론 릴케의 말처럼 '직업'이란 시인을 굳건하게 서 있
도록 해주는 뿌리일 수도 있다.[1] 그럼에도 이토록 꾸준하
게 개인 시집을 낼 수 있는 사람이 시인이 아니라면 대체
누가 시인이겠느냐, 건설 현장에서의 일은 일상에서 보조
적인 역할을 해주는 정도가 아니겠느냐… 나는 조금은
얄궂은 질문들로 시인을 보챘다. 시인은 커피 향처럼 푹
누그러지는 웃음만 지었다.

"이 책 읽어봤어요?"
"찰스 디킨스는… 그 책 뭐더라, 그 책…"
"『올리버 트위스트』."
"네, 그 책이요. 그 책 빼고는 기억이 안 나네요."
"이 책 참 좋아요."

짐짓 자랑스러울지도 모를 자신의 작품들 앞에서, 그는
스스럼없이 여느 문학 작품에 대한 애정을 표현했다. 돌
이켜보니 시인과 알고 지내는 동안 그의 손에서 책이 떠
나 있는 순간을 본 적이 없었다. 쓰기에 있어서는 물론,

---

1)"우선 당신이 어떤 직업의 문턱에 들어섰다는 사실은 좋은 일입
니다. 직업은 당신을 자립하도록 만들어주며, 어떤 의미에서는 당신으
로 하여금 굳건하게 서도록 해줍니다. 직업 때문에 당신의 내적인 생활
이 제약을 받는다고 느낄 때까지는 우선 참고 기다리십시오." 라이너 마
리아 릴케, 이동민 역, 『젊은 시인에게 보내는 편지』, 소담출판사, 1996.
p.30.

읽기에 있어서도 꾸준할 수 있다는 것은 단순한 열망으로는 불가능하다는 사실을 직감했다. 나와 다른 색채로시, 그리고 문학을 대하고 있는 진실한 감정. 그것은 경외감이었다.

"그럼 당신에게 시인이란 무슨 의미인가요?"

2. 파란만장, 다채로운 색깔의 여유

책으로 만들어지기 이전의 원고를 읽는다는 것은 값진 기쁨이다. 아직 어떤 눈짓이나 손짓도 닿지 않은 원고에는 시인의 고민과 숨결이 켜켜이 담겨 있으니 말이다. 시인의 두 번째 시집에 이어 세 번째 시집에서도 작은 글을 보탬으로써 나는 한 번 더 뭉클한 감정의 주인공이 될 수 있었다. '파, 란, 만, 장'이란 네 개의 챕터로 묶인 시들을 읽는 동안, 나는 이전 시집에서보다 더 진지하고 침착했다. 처음에는 연필로 밑줄을 긋고 몇 가지 메모를 덧붙이기도 했다. 그러나 짐작할 수 없는 사이 나의 눈짓과 손짓은 결박당하고 말았다. 파란만장한 삶을 관조하는 다채로운 시 세계에 그대로 몸을 맡겨버렸다.

"이전 시집보다 '여유'가 생긴 것 같았어요. 절실함이 덜하다고 해야 할까요?"
"실은 컴퓨터가 없어서 굉장히 절실했습니다."

작품을 모두 읽고 났을 때 나는 머릿속으로 들어와 온
몸을 따스하게 안아주는 시선을 발견했다. 바로 '여유'였
다. 이번 시집 『우아한 변명』 속에는 꾸준함, 절실함의 문
제와는 확실히 다른 색채의 감정선이 그려져 있었다. 평생
을 한집에서 지내온 어머니를 요양원에 모시고, 아등바등
책임져온 아들 둘은 각자의 공간으로 떠나보냈다. 단순히
그런 이유 때문이었을까? 시인은 우스갯소리를 이어갔다.
제 몫의 살림살이를 몽땅 들고 나간 아들들 덕분에 집안
에는 컴퓨터가 한 대도 남지 않았다는 것이다. 안 그래도
컴퓨터 사용에 서툰 시인은 시집 마감을 앞두고 시들을
어떻게 옮겨야 할지 난감한 상황에 놓였다. 어찌어찌하여
컴퓨터가 생기긴 했는데, 그때부터는 평소 사용하던 프로
그램이 없어져서 한 번 더 난관을 겪어야 했다. "왜 한 가
지 프로그램만 고집하세요?" 나는 물론 시인의 아들도 던
진 질문이었다. 그런 뒤 온전히 컴퓨터 작업을 할 수 있게
되었을 때는, 다시 오십여 편의 시를 자판으로 옮겨 담는
노동 속에서 비척거렸다. 원고를 쓰는 과정조차 파란만장
할 거라고 그 누가 상상이나 했겠는가. 산 넘어 산을 넘
는 절실함 속에서 어떻게 '여유'를 끄집어낼 수 있었을까.

어제는 이가 아프고 오늘은 위장이 아프고
내일은 눈물조차 말라버릴 이 몸통을 재생하고 싶다
그래서 일 년이라도 후회 없이 살고 싶다
그게 안 된다면, 어차피 리모델링이 안 된다면

단돈 몇 푼이라도 값을 쳐줄 때 넘기고 싶다

- 「고칠 수만 있다면」, 『은밀한 목욕』 中[2]

그래도 이제부터는 나의 생을 살 수 있다는 것
등 뒤에 숨겨놨던 젊은 날의 욕망을
당당히 꺼내어 펼쳐보는 것

마음만 바쁜 인생의 저녁
쓸 만한 글감을 줍기 위해
노을이 말라가는 시장을 서성인다

- 「쓸 만한 이별」, 『우아한 변명』 中

앞선 두 번째 시집과 이번 세 번째 시집 중에 발췌한 작품들이다. 두 작품 모두 '무용한 채 의미를 잃은 삶에 대한 관조'라는 점에서 주제가 맞닿아 있다. 전자는 중고 가전제품을 산다는 확성기 소리에서, 후자는 불특정 다수가 내다 놓은 재활용품 공간에서 자신의 처지를 자각한다. 문득 동일한 주제의 반복 같지만 자세히 들여다보면 분명히 다른 감정을 확인할 수 있다. 무의미한 몸뚱어리를 그대로 팔아넘긴다 해도 전혀 개의치 않을 것 같았

---

2) 김종건, 『은밀한 목욕』, 청어, 2014. 이후 특이사항이 없는 한 새 시집 『우아한 변명』에 수록된 작품들은 작품명만 밝히는 것으로 한다.

던 시적 자아는, 이제 자신의 생을 살아내기 위해 당당히 시장으로 나아간다. 쓸모없어짐에 대한 상실감과 쓸쓸함이 있던 자리는, 뭐라도 쓸 만한 것이 있길 바라는 기대감과 당당함으로 채워진 것이다.

시인은 조금 더 담담하고 차분하게 목소리를 내기 시작한다. 『은밀한 목욕』에는 목청에 힘을 줘 노동의 현실을 말하던 날 선 목소리들이 있었다. 그것은 여전히 '불타버린 식도와 버려진 목소리(「12월」, 『우아한 변명』 中)'로 나타나기도 하지만, '이제부터는 소리만 내면 된다고 되뇌며(「공원에서」 中)' 변화된 양상을 보여준다. 곧 이번 시집에서 시인은 '쓸 만한 목소리'를 내는 것만으로도 삶의 가치를 찾을 수 있게 된 것이다.

컴퓨터보다는 찰스 디킨스의 책을 한 번 더 펼치는 일에 익숙하다는, 아직도 수첩에다가 연필로 시를 쓰는 일이 편하다는 시인의 이야기가 이어졌다. 여름날 나무 향기를 닮은 '여유'가 맡아지곤 했다. 작품 전체에서 흐르는 '여유'는 두 가지 색깔로 그려지고 있는데, 하나는 '긍정의 시선'이요, 다른 하나는 '유쾌한 풀'이다. 조금은 부족하고 불편한 삶일지라도 시인은 그러한 삶 속에도 나름의 소중함이 있다고 깨우친다.

오랜 시간 큰 그릇이 되려고 발버둥을 쳤지만
살다 보니 삼시 세끼 따뜻한 밥 한 공기만 있어도
성공한 인생이더라

- 「밥 그릇」中

잠만 쏟아지는 겨울과 봄 사이
몽롱한 천국과 지옥 근처
<u>노을</u>은 관대하게 고루 퍼진다

- 「환절기의 노래」中 (밑줄 인용자)

　위의 시에서 '그릇'은 삶을 대하는 시적 화자의 자세이
자 목표다. 파란만장한 삶을 사는 동안 화자는 그릇의 크
기에만 집착했었는지 모른다. 어떤 그릇이 됐든 따뜻한 밥
한 공기만 담아낼 수 있다면 그것이야말로 소중한 밥그릇
이 될 텐데 말이다. 계절이란 것도 마찬가지다. 삶은 언제
나 추운 겨울의 연속도 아니요, 더디게 오는 봄날의 막연
함도 아니다. 환절기에도 노을은 조금의 부족함 없이 곳곳
으로 고르게 퍼진다. 그러니 '곧 떠날 겨울의 그늘을 / 짧
지만 넉넉히 즐기(「봄의 그늘」中)'면 되는 것이다. 계절에 대
한 인식을 달리하는 순간 겨울은 긍정의 시간이 되고, 더
이상 암흑의 시기가 아니게 된다. 이와 같은 긍정의 시선
은 겨울에도 꽃이 피어난다는 인식에서 절정에 이른다.

5월에는 5월 꽃
6월에는 6월 꽃이 피고
가을에는 가을꽃
겨울에는 지구 반대편에서
꽃이 피고 있습니다

-「희망론(論)」中

　시 속에서 '당신'은 꽃이 피지 않는 겨울에는 도저히 숨을 쉴 수 없기에 차라리 죽는 편이 낫다고 말한다. 희망의 상징인 '꽃' 앞에서 겨울은 극악무도한 계절이 되어 있다. 이때 시인은 화자의 입을 빌려 '지구엔 하루도 꽃이 피지 않는 날이 없'다며 이제는 당신이 '늘 꽃이 되어 피고 있을 것'이라고 위로한다. 삶을 바라보고 세상을 인식하는 긍정적인 시선 덕분에 '당신'이 독자인 나로 분하는 순간이다. 나는 시인으로부터 직접적인 위로를 얻기라도 한 듯 따스한 기운을 느꼈다. 시인은 곳곳에서 삶을 긍정하고 공감을 불러일으킴으로써 독자를 위로하고 응원한다. 특히 '집'은 '그릇'과 비슷한 상징으로 표현된다. 그곳은 '안방과 거실의 경계가 없는 좁은 집이어도(「여름동화」 中)', 무더위와 비를 피할 수 있는 지붕이 있는 집이어서 다행한 곳이다(「지붕 없는 집」 中).' 내 집 갖기가 어려운 작금의 현실이라고 하지만, '길가의 나뭇잎처럼 새벽이슬에 젖지 않고 / 기어들어올 집이라도 있으니(「땀띠」 中)' 다행

한 날들이다. 이와 같은 시선은 비단 독자에게만 머무르
지 않는다.

> 그늘에 집착했던 한 시절
> 서툴던 그때를
> 이제는 덮기로 한다

> -「입동(立冬) 근처」中

   시인은 내면을 향해서도 목소리를 내고 있다. 차디찬 계
절을 견뎌낼 수 있는 용기를 자기 자신에게도 부여하고
있는 것이다. 눈이 모든 것을 감싸주듯이 서늘하고 무지
했던, 서툴고 쓰러지기만 했던 자신의 지난 시절을 포근
하게 덮어주고자 한다. 이처럼 독자는 물론 시적 화자, 나
아가 시인 자신을 향해서도 위로와 격려의 목소리를 낼
수 있었던 근간에는 단연 삶을 대하는 '가슴의 여유'가 있
었으리라. 시인은 이제 우울한 갱년기나 우중충한 장마철
에 들어서도 삶을 유쾌하게 그려내는 재치까지 선보인다.

> 용접 무사! 포크레인 접주! 실리콘 검객! 전기 대인!
> 허리에 전대를 차고 오늘을 위해 칼을 갈았다

> 빗소리에 발광하는 부침개 군졸들!

살수들의 등장에 환호하는 막걸리 용병들!

- 「장마 혈전」 中

동틀 녘은 아직 멀었고
ⓐ잠은 은하계 밖으로 달아났는데
냉장고에 붙은 치킨집 스티커를 보며
저녁에 먹다 만 소주 반병이 그리워진다

- 「갱년기의 밤」 中 (기호 인용자)

거실 바닥엔 실밥 터진 ⓑ이력서가
일렬종대로 바느질 순서를 기다리고
곰팡이 춤을 추는 벽에선 궁상맞은 한숨이 기어
나오는데
이 바늘로 구멍 난 과거를 메꿀 순 없어도
봄바람 솔솔 파고드는 관절은 치료할 수 있지 않을까

- 「바느질을 하며」 中

건설 현장의 노동자들에게 있어 비가 계속되는 장마철
은 칠흑 같은 시기나 다름없다. 그러나 일당 한 푼 벌 수
없는 현실이라 해도 투박하게 부쳐낸 부침개에 막걸리 한
잔 나눌 수 있는 여유마저 빼앗길 수는 없다. 시인은 장

맛비가 계속되는 일상을, 부침개와 막걸리가 보태진 화투판을 통해 자신만의 색깔로 그려낸다. 건설 현장 한편에 자리한 노동자들의 숙소가 사실감 있게 환기됨과 동시에, 장마철은 더 이상 우울하고 따분한 시기가 아닌, 정겹고 따뜻한 시간으로 탈바꿈한다. 부침개 맛을 돋워줄 '쉰 김치'와 화투판의 흥겨움을 올려줄 '쌍피'를 찾아낸 데에서 기분 좋은 유쾌함마저 묻어난다.

갱년기가 되어 쉽게 잠을 이룰 수 없는 밤이라고 해도 마찬가지다. 「갱년기의 밤」에서 시인은 의인화를 통해 화자의 감정을 표현하고 있다. 도저히 다가오지 않는 잠은 은하계 밖으로 달아나 있고, 치킨집 스티커를 보는 내내 소주는 연인처럼 그립기만 하다. 「바느질을 하며」에서도 시인은 '이력서'를 의인화함으로써 일자리를 잃은 현실을 궁상맞지만은 않은 유쾌한 삶의 일면으로 그려낸다. 사물을 의인화하여 화자의 감정을 해학적으로 표현하는 발상은 고전문학 중 사설시조의 한 대목을 연상하게 한다.

ⓒ한숨아 세 한숨아 네 어느 틈으로 드러온다
고미장지 세살장지 가로닫이 여닫이에 암돌쩌귀 수돌쩌귀 배목걸쇠 뚝닥 박고 용거북 자물쇠로 숙이숙이 채웠는데 병풍이라 덜걱 접은 족자라 데데골 말고 네 어느 틈으로 드러온다
어인지 너 온 날 밤이면 잠 못 들어 하노라

- 작자 미상, 「한숨아 세한숨아」 전문

ⓐ와 ⓑ, ⓒ는 시의 흐름 속에서 내적 의미를 지닌 객관적 상관물[3]로 작용하고 있다. 일상에서 특별한 의미 없이 놓여 있던 이 단어들은 화자의 감정을 여실하게 전달하기 위해 의인화되어 등장한다. 현실 속에서 화자는 쉬이 잠을 이룰 수 없고, 떳떳하게 이력서를 꺼내 볼 수도 없다. 사설시조 속의 화자도 깊은 한숨을 멈출 수 없는 상황에 살고 있다. 이와 같이 힘겨운 현실이 계속되지만, 시인은 이를 기발한 발상과 표현을 통해 해학적으로 풀어내고 있는 것이다. 문득 유쾌한 단잠이 은하계 사이에서 툭하고 떨어질 것만 같지 않은가. 나는 이 또한 시 속에 흐르는 '여유'의 한 줄기인 것 같아서, 오래도록 가슴 깊은 곳이 푸근했다.

3. 한 폭의 수채화처럼, 한 편의 동화처럼

삶을 관조하는 긍정적인 시선과 그것을 담아내는 유쾌한 풀이는 시집 전체에 따뜻한 색채를 입혀주었다. 그런 덕분에 시인의 세 번째 시집 『우아한 변명』은 따사로운 느낌의 풍경화를 연상시키곤 했다. 눈에 보이듯이 섬세한

---

3) Objective correlative. T.S.엘리엇은 작가가 자신의 정서를 간접적으로 표현하기 위해 사물, 사건, 정황 등을 이용한다고 보았다. 김병욱, 「엘리엇과 후설-객관적 상관물의 개념을 중심으로」, 『T.S.엘리엇 연구』제4호, 1996. 참조.

이미지 묘사는 물론, 감탄을 자아낼 정도로 매력적인 표현들이 많았다. 자신만의 남다른 눈으로 자연을 포착하고 일상을 관찰하는 능력이 내심 부러웠다.

"나이가 들면 휴대전화 사진첩에 꽃이나 나무를 찍은 사진이 많아진대요. 눈이나 노을 같은 자연도 그렇고. 혹시 아름다운 풍광을 보았을 때 어떻게 하세요?"

"그 광경을 어떻게 한 번에 표현하겠어요. 저는 일단 마음속에 담아요. 오랫동안 떠올리며 묵히는 거죠. 그러다가 시간이 지난 후 언젠가 시를 쓰게 되었을 때, 묵혀 두었던 그 모습들을 비로소 꺼내 보는 겁니다."

1) 구체적이고 감각적인 묘사

시집 곳곳에는 눈에 보이듯 구체적이면서 감각적으로 표현된 묘사가 많다. 이는 화자의 개인적인 기억과 삶을 연동시킴으로써 생명력이 넘치는 이미지로 탄생한다.

다시는 볼 일 없을 거라고
한 번도 사주지 못한 솜사탕 닮은
조팝나무 여기저기 터뜨려 주는데

- 「개장(改葬)」中

늦은 봄 산자락에 무리지어 피어나는 조팝나무는 유난히 흰 꽃이 특징이다. 새하얀 꽃들이 수북하게 피어 있는 모양을 눈이 내린 풍광으로 혼동하는 표현은 자칫 진부하게 여겨질 정도다. 따라서 조팝나무를 보고 '솜사탕'이란 이미지를 떠올리는 것 역시 특별할 것 없는 평범한 묘사에 지나지 않을 수 있다. 그러나 시인은 여기에 지난날의 '기억'과 현재의 '삶'을 연동시킨다.

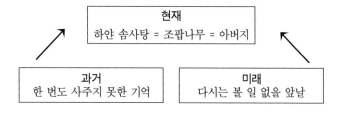

아버지의 묘지를 옮기지 않았다면, 화자는 산속에 흐드러지게 피어 있는 조팝나무를 볼 일이 없었을 것이다. 더군다나 아버지의 묘지를 다시 옮길 일이 없다면 앞으로도 볼 일이 없을 것이다. 그러나 하필 조팝나무는 새하얗기만 해서, 지난날 한 번도 사 먹지 못한 솜사탕을 떠올리게 한다. 한 번도 생각나지 않을 줄 알았는데 눈앞에 생동하는 나무처럼 다시 생각나게 된 사람, 바로 아버지란 존재다. 평범했던 조팝나무는 솜사탕과 아버지를 연동시킴으로써 시적 화자로 하여금 영원한 생명력을 부여

받게 된 것이다.

「독백」에서 시인은 아파트 화단에 피어 있는 꽃봉오리를 보고 '어머님이 혼잣말하며 하늘을 볼 때' 망울을 맺었을 것이라고 표현한다. 매일같이 봄이 오기를 기다리며 언제 봉오리가 맺히나 지켜보았을 어머니의 모습이 연상되는 것은 물론, 그런 어머니가 의식하지 못하는 사이 아기 주먹처럼 작은 크기로 봉오리를 맺은 꽃나무의 모습도 생동감 있게 다가온다. 꽃봉오리에 지난날의 기억과 앞으로의 일상이 연동되면서 어머니의 모습이 훨씬 더 구체적으로 그려질 수 있었다. 이러한 시적 작용은 「귀가」라는 작품에서도 발견된다. 새벽 비에 뻐꾸기가 머리를 감는 시간, 어머니는 안개가 피어오르는 무덤 사이를 터벅터벅 넘어온다. 텅 빈 양동이조차 무겁게 이고 오는 길이지만, 그 발걸음에서는 예나 지금이나 삶을 놓지 않으려는 어머니의 억척스러운 생명력이 느껴진다.

「소나기」는 장마 무렵의 저녁 시간, 오랫동안 내려앉은 침묵으로 가득한 골목을 조명한다. 이때 세차게 내리기 시작한 빗줄기는 무기력한 일상을 두드려 깨워준다. 쓸쓸하게 홀로 맞이하는 저녁 풍경에, 소나기가 제 의미를 가진 대상으로 묘사된 부분이 신선하기만 하다. 이는 「여자 빨래가 없는 풍경」 속에서 한 번 더 표현되는데, 노을이 비치는 베란다 창 앞에 '남자 내의만 걸린 건조대'가 놓여 있는 묘사가 그렇다. 베란다 공간에는 어느덧 저녁노을이 가득 들어차 있다. 혼자 있는 것보다 더 무서운 것은 '혼자라는 것은 생각이 많아지는 것'이라며 화자는 자유롭게 혼자 노니는 노을을 바라본다. 혼자가 아니었다면, 노을이 아니었다면 조금이라도 덜 쓸쓸했을까. 시인은 '쓸쓸하다', '외롭다'라는 단어 한 번 없이 시각적 이미지를 연상시키는 것만으로 화자의 감정을 색다르게 표현하고 있다. 때로 그것은 독자인 내가 단 한 번도 보지 못한 풍경이라 쳐도, 믿기지 않을 만큼 몹시 선명하다.

2) 추상적 관념의 감각화

보이지 않는 것을 보게 하고, 들리지 않는 것을 듣게 하는 표현이 가능한가. '추상적(抽象的)'이란 것은 직접 경험하거나 지각할 수 있을 정도의 일정한 형태와 성질을 갖추고 있지 않은 대상을 표현할 때 사용하는 단어다. 구체성이 없어 막연한 이미지로 떠오르는 대상, 이를 테면 사랑, 가족, 꿈 같은 단어들이 그렇다. 그러나 이미지는 반드시 눈에 보이는 듯한 묘사로만 존재하는 것은 아니다. 시인에게는 그것을 상징적으로 파악하고 표현할 수 있는 '마음의 눈'이 있기 때문이다.[4] 이미지는 시각적일 수도 있고, 청각적일 수도 있고, 혹은 전적으로 심리적일 수도 있다고 했을 때, 시인이 '마음의 눈'으로 심리적인 이미지를 구현해내는 것이 바로 시라고 볼 수 있겠다.

---

4) 오스틴 워렌은 이미지란 '묘사'로서 존재할 수도 있고, 혹은 실례에서 보듯이 메타포로서 존재할 수도 있다고 설명한다. 시각적인 이미지는 하나의 감각 혹은 하나의 시각이지만, 그것은 또한 눈에 보이지 않는 어떤 것, 즉 '내면적인' 어떤 것을 표상하며 지시한다는 것이다. 르네 웰렉·오스틴 워렌, 『문학의 이론』, 문예출판사, 2002, pp.272~273 참조.

오늘은 아픈 사람이 많다며
장발만큼 더부룩한 눈물을 깎다 지친 미용사가
가위를 든 채 서서 졸고 있다

- 「몸살 날 땐 미용실에 가자」中 (밑줄 인용자)

　시인의 눈에 비친 미용사의 심중은 어땠을지 상상해볼
만한 부분이다. 손님들로부터 유난히 투병 이야기, 시련
의 이야기를 많이 전해 들은 날, 미용사는 자신이 깎는
것이 머리카락인지 그들이 흘린 눈물인지 헷갈릴 정도다.
저마다 달리 아프고 슬픈 것 같지만, 미용사에게는 너무
많은 사람들이 전부 아프고 슬픈 것 같아서 버겁기만 하
다. 지쳐서 졸음이 올 정도로 말이다. 화자 역시 살면서
얼마나 많은 이야기를 털어놓고, 또 얼마나 힘겨운 이야
기를 전해 들었을까. 밑줄 친 부분에서 볼 수 있듯이 추
상적인 단어인 '눈물'은 미용사의 심리를 통해 구체적인
이미지로 변할 수 있었다.
　'밤'이라는 이미지 역시 마음의 눈을 거치며 보다 더 또
렷해진다. 밤이란 단순히 해가 어두워진 때부터 다음 날
해가 뜨기까지의 시간을 나타내는 개념이 아니다. 시인
은 「첫사랑」을 통해 자신만의 밤을 표현해낸다. 밤하늘
을 가득 채운 별을 보며 시적 화자는 첫사랑의 기억을 떠

올린다. 오랫동안 잊지 못하는 애절한 사연 때문에 은하수가 보일 정도로 하늘을 꿰뚫어 보게 되는 시간. 시인의 마음에 비친 밤이란 바로 그런 시간이었던 것이다.

공원에 가득했던 새들은 줄지어 눈이 되어 내리고
팥죽 대신 콩나물에 함박눈 비벼 먹는 새벽
달이 해가 되는 시간에도 어둠은 여전하고
별은 집으로 가는 것도 잊은 채 잠들어 있는데
나무에 쌓인 눈이 꽃으로 뚝뚝 떨어질 때

-「동지(冬至)」中

눈처럼 수북하게 떼를 지어 날아가는 새들, 콩나물처럼 긴 밤, 날이 밝도록 떠 있는 별들, 꽃잎처럼 떨어지는 눈… 동지(冬至) 맞춤으로 부족함이 없는 표현들이다. 분명 깊고 고요한 동지의 밤을 당장 눈앞에서 직관하며 묘사한 표현들은 아닐 것이다. 그럼에도 '동지'라는 절기를 생동감 있게 표현할 수 있었던 이유는, 그동안 시인의 마음속에 각인되어 있던 이미지들을 작품 속에서 결합시켰기 때문이다. 화자가 드나드는 공원에는 늘 새들이 가득했고, 어떤 동짓날에는 팥죽 대신 콩나물을 먹기도 했었다. 새벽녘 하늘에 남아 있는 별들을 보길 좋아했고, 눈이 쌓인 나무 기둥을 발로 찰 때마다 흩날리는 눈발들을 좋아했다. 어느덧 나의 마음에 있는 눈에서는 시인의 순수했던 시절들이 생생하게 되살아나고 있었다.

시 속에서 생동하는 이미지를 보는 것은 독자에게 또 하나의 즐거움이다. 시인과 대화를 나누다보면 매순간 즐거움이 넘쳐나던 기억이 떠오르기도 한다. 어떤 때에는 그가 그려낸 일상이 몹시 동화 같아서 한참동안 정겹고 흐뭇하기도 하다.

　　다들 어떻게 살았는지 구구절절이 없어도
　　낡은 외투에 때가 낀 손톱을 보며 고개를 끄덕이고
　　더는 염색을 했냐 안 했냐 소리를 높이지 않을 때
　　누군가 오래된 파우치를 꺼낸다

　　-「그리운 동화」中

눈으로 직접 보았건, 마음의 눈으로 그려보았건, 시인은 마음속에 오래 묵혀 놓았던 이미지들로 일상을 묘사한다. 어쩌면 그에게는 시작(詩作)을 위한 자기만의 파우치가 있는 것이 아닐까. 자그마한 주머니 안에는 마음속에서 숙성된 풍경들이 소중한 시어가 되어 담겨 있는 것이다. 밤이 깊도록 그치지 않고 부는 바람에게는 '자개바람(「말복(末伏)의 만찬」中)'이란 단어를 꺼내주고, 힘없이 종일 짖어대는 나이 든 개에게는 '강장거린다(「개기월식」

中)'라는 단어를 붙여주었다. 이토록 찬란한 색깔로 세상을 볼 수 있는 눈이 나는 못내 부러웠다.

4. '관계'의 끝, 어머니

때로는 수채화보다 농익게, 동화보다 깊이 있게 써 내려간 시들을 보며 '아깝다!'라는 생각이 스쳤다. 시인의 파란만장했던 삶이 고스란히 담겨 있다는 배경은 차치하고라도, 시를 짓는 솜씨 면에서도 어느 것 하나 아깝지 않은 것이 없었다. 그럼에도 불구하고 이전 시집에서도 그랬고, 이번 시집에서도 시인은 단 하나의 작품을 표제로 선택했다. 「우아한 변명」이 『우아한 변명』이 될 수밖에 없었던 근간에는 진득하게 이해해야만 하는 삶의 곡절이 있었을 것이다.

"유독 한 작품의 제목을 표제로 선정한 이유가 있나요?"
"이번에는 꼭 어머니를 위한 시집을 엮고 싶었거든요."
"「우아한 변명」이 일종의 헌사라도 된다는 말씀이신가요?"
"네. 이렇게라도 해두지 않으면 안 될 것 같아서요."

시집을 꼼꼼히 읽고 있으면 구슬을 꿰듯 이어지는 레토

릭을 발견할 수 있다. 바로 '어머니-아들-사람들'로 표상
되는 '인간관계'다. 시인은 '사람', 구체적으로 그의 곁에
서 직간접적으로 관계를 맺고 있는 가족과 지인들을 향
해 다가서고 있다. 나아가 그들과의 관계를 통해 자신의
내면에 다가서고 있다.

「여름동화」는 무더운 여름날 하릴없이 집에서 시간을
보내고 있는 아들과 노모의 모습을 비춘다. 책을 읽고 있
는 아들에게 노모는 괜한 질문을 툭툭 던진다.

안방과 거실의 경계가 없는 좁은 집에
책 본다고 구석에 자리를 잡았더니
빨래를 개던 노모가 고개를 쭉 빼며
말을 던진다

① 수박 주랴?
- 「여름동화」 中 (번호 인용자)

질문은 4연에서 ②'뻥튀기 먹을래?', 6연에서 ③'저녁엔
삼계탕 해주랴?'와 같이 이어지는데, 이때 노모의 질문에
대한 아들의 대답은 없다. 시상 전개에 있어서 중요한 것
은 질문을 던진 노모의 태도에 있기 때문이다. 애초에 그
녀는 대답을 바라지 않는 질문을 던진 것이다. 거기에는
이미 아들에 대한 이해와 관용이 녹아 있다. 속뜻을 온전

히 풀이해보면 이렇다.

① "덥지? 더위 식히는 데에는 수박이 최고다."
② "무료하지? 딴 생각이 자꾸 날 때는, 자꾸 뭘 먹어줘야 한다."
③ "기력이 없어? 든든하게 먹고 기운 내보자."

　노모의 우렁잇속을 읽는 일은 어렵지 않다. 시인에게는 더욱 그렇거니와, 시를 읽고 있는 독자에게도 어머니는 같은 정서의 대상인 경우가 많기 때문이다. 시를 읽고 있는 사이 환청처럼 "눈치 보지 말고 먹어라."라는 잔소리가 들리는 이유도 마찬가지다. 시적 화자에게 있어 어머니와 아들은 어떤 관계인가. 식당에서 먹다 만 공깃밥을 챙기는 모습을 타박하는 아들에게, 대답 대신 '그러는 너는 소주 남은 건 왜 챙기누?(「말복(末伏)의 만찬」 中)'라며 응수를 두는 어머니다. 곧 이들 사이에서 구체적인 말은 되레 의미를 잃고 만다. 이들은 구태여 의미를 갖춘 말이 필요치 않은 관계이기 때문이다. 이들에게 의미 있는 것은 마주 대고 앉아 함께 먹는 음식일 뿐이다.[5] 게다가 '비를 맞으며 / 아들이 철들기 기다리던 / 어머님의 애원을 되새긴다(「철들 때를 기다린다」 中)'에서도 짐작할 수 있듯이,

---

5) 알랭 드 보통은 관계에서 음식은 무척 중요하다고 설명한다. 그것은 심리적인 영역을 조정하는 수단이기 때문이다. 음식은 우리 마음속 감정적인 부분과 맞물린다. 직접적으로 말을 하지 않지만, 따뜻하게 위로하고, 달래거나 놀리면서 상대를 매혹시키는 것이 바로 음식이라는 것이다. 알랭 드 보통, 이용재 역, 『사유 식탁』, 오렌지디, 2022, p.223 참조.

어머니와 아들은 서로에게 대단한 무언가를 요구하지도 않는다. 그렇기에 관계는 「걸어서 세계 속으로」에서 느껴지듯 더욱 애잔하다. 가보고 싶은 나라가 참 많았던 어머니는 연신 TV 프로그램을 보며 마음을 달래다가도, 아들이 철들기도 전에 찾아온 치매 때문에 그마저도 온전히 감상하지 못하는 신세가 되어버렸다.

엄마 여기서 잘해주잖아 자주 올게

두 달 만의 숙제를 처리한 아들은
카스텔라 하나로 효자 노릇을 다했다며
다시 배냇정(情)을 당당히 벗어 던지고
뿌듯한 마음으로 병원을 나섭니다

- 「우아한 변명」 中

표제작이기도 한 「우아한 변명」 중 한 부분이다. 더 이상 TV 프로그램을 이해하지 못한 채, 온종일 아들을 째려보며 밥솥을 끼고 앉는 어머니는 결국 병원으로 모셔졌다. 바나나 우유와 카스텔라를 들고 십 분 남짓한 시간을 함께 하는 동안 아들의 머릿속에는 자신의 아들 생각만 가득 차 있다. '아빠 예전엔 이렇게 늙어 보이지 않았는데……(「우아한 변명」中)'라는 아들의 한 마디는 마치

아비인 자신을 꿰뚫어보는 듯 여겨질 수밖에 없다. 효자 노릇은 겉만 멀쩡한 변명에 지나지 않는 것이다. 어머니에게 있어 아들은 노잣돈을 요구하는 일꾼들을 못마땅해하고, 내려가는 집값만 걱정하는 구차한 신세가 되어버렸다(「개장(改張) 中). 어머니와 '나'의 관계에 '아들'이 자리를 차지하고 들어온 연유 역시 변명 때문일 것이다. 집에 가고 싶다며 아이처럼 칭얼대는 모습에서, 어머니 또한 아들의 변명을 이미 알고 있음을 짐작할 수 있다. 나아가 먼 훗날 언젠가 '아들'도 '나'에게 변명을 거듭하며 살아야 하리란 것도 모를 수가 없다. 삶은 언제나 자책 대신 찬 우유만 들이켜는 행위로 포장되고 감춰질 것이기 때문이다. 곧 '우아한 체'는 '솔직한 심정'의 다른 모습이 아닐까.

말이 필요하지 않고, 크게 무언가를 바라지 않아도 누구보다 잘 알고 있는 관계. 변명의 이유는 당연 이러한 관계에 대한 지극한 미안함에 있을 것이다. 작품들 속에 '하강의 이미지'가 눈에 띄게 많은 이유 역시 여기에서 기인하지 않을까.

하강의 이미지	해당 작품
'쓰러질 때마다'/'어디서 내리고 있는가'	「입동(立冬) 근처」中
'버려진 목소리'/'눈이 더 내리겠지'	「12월」中
'지워진다고'/'녹아 없어졌다고'/'꺼지는 눈발'/'하루가 진다'	「겨울, 포구에서」中
'얼어붙고'/'갇히곤 했다'/'떨어져 헉헉대고'	「개기월식」中
'날이 기운다'/'하루가 늙어간다'	「하루」中
'소멸하는 것'/'남겨지는 것'/'태우곤 했다'	「바느질을 하며」中
'눈이 되어 내리고'/'뚝뚝 떨어질 때'/'날아가는 흰나비들'	「동지(冬至)」中

　내리다, 빠지다, 없어지다, 지워지다, 얼어붙다, 갇히다, 기울다, 소멸되다, 떨어지다… 삶을 관조하는 '여유'가 생겨도 결코 떨칠 수 없는 감정이란 바로 죄책감이었다. 변명을 되풀이하며 사는 동안 시인은 한 번도 높은 곳에서 의기양양할 수 없었다. 늘 미안함과 죄책감으로 점철되어온 속내를 감추며 살았던 것이다. 이제 그 마음은 거듭되는 하강의 이미지를 통해 구현된다. 나이든 몸뚱어리가 눈처럼 푹푹 꺼지며 낮은 곳으로 향하고 나서야, 어머니에 대한 애잔함과 애처로운 감정이 고개를 들 수 있었다.

봄꽃은 진작 떨어지고
햇살은 더욱 달궈지는데
나는 점차
꿈과 현실의 경계에 서 있던
어머니를 닮아간다

- 「독거(獨居)」 中

봄꽃이 떨어진 그곳에는 어느덧 어머니와 닮은 '나'가
서 있는 것이다. 사실 '달빛으로도 환하게 눈이 부시던
(「가훈」 中)' 지난날에도 '나'는 어머니와 꽤 닮은 모습의
아들이었다. 다만 우아한 변명을 거듭하며 그 모습을 거
부하고 살았을 뿐이다.

어느새 시인의 감정은 어머니와 가족을 넘어서기 시작한
다. 빠듯한 인생을 살고 있는 사람에게서도(「고시원 유 씨
(氏)」 中), 일찍이 생을 마감한 친구에게서도(「단풍놀이-선구
에게」 中) 시인은 죄책감을 닮은 감정을 느낀다. 그것은 물
론 동병상련(同病相憐)의 마음일 수도 있다. 우아한 효자
노릇이 맹랑한 변명임을 인정했을 때, 죄책감에 기울고 짓
눌려 낮은 곳으로 하강했을 때, 비로소 '나'는 어머니는 물
론 자신이 속한 모든 관계들과 하나가 될 수 있었다.

그렇게 내 인생을 닮은

파란만장한 영화를 만들고 싶다
그리고 유별난 내 옆에서
조마조마 길을 인도해준 이들과
나로 인해 가슴에 비수가 꽂힌 사람들을 초대해
시사회를 열고 싶다

- 「파란만장한 영화를 만들고 싶다」 中

시적 화자를 통해 작게는 가족, 넓게는 수많은 사람과 관계를 맺으며 그려진 시인의 삶이 궤적처럼 펼쳐지는 순간이다. 로버트 레드포트 감독의 영화 『흐르는 강물처럼』의 장면 장면들이 편편이 겹쳐지기도 한다. 곧 시인은 이미 자신만의 영화를 만들어내고 있는 것이다. 우여곡절, 파란만장이 가득한 영화의 끝에서, 나는 반짝반짝 빛을 내는 의미 하나를 마주한다. 그것은 '사랑'.

"We can love perfectly without full understanding."
"우리는 완전히 이해할 수는 없어도, 완벽하게 사랑할 수 있습니다."[6]

어머니는 시인을 조건 없이 사랑했었고, 시인 또한 누

---

6) 로버트 레드포트 감독, 크레이그 셰퍼, 브래드 피트 주연, 『흐르는 강물처럼』, 미국, 1992.

구보다 어머니를 사랑하고 있었다.[7]

5. Reborn. 부활을 꿈꾸다

"간절함이 없는 것이 아니라, 다른 종류의 간절함이 생긴 것이네요."

"그럼요. 나이가 들잖아요. 하루하루 살아남아야 하는 걸요."

수도 없이 변명을 거듭하며 살았지만, 시인은 그 또한 삶의 한 방식이었다고 토로한다. 그는 누구보다 어머니가 건강하기를 간절하게 바란다. 가능하다면 건강하게 부활할 수 있기만을 기도한다. 이제 진정한 의미의 효자 노릇은 '사는 것'이다. 말없이 자신을 지지해주고 변명조차 캐묻지 않는 그녀를 위해 여생을 잘 살아내는 것. 변명을 거듭해도 좋으니 다시 '시작(始作)'해보는 것. 그는 마지막으로 '부활(復活)'을 꿈꾼다.

---

7) "나는 어머니의 자식이기 때문에 사랑받는다. 나는 아름답고 칭찬할 만하기 때문에 사랑받는다. 어머니가 나를 필요로 하기 때문에 사랑받는다. 좀 더 일반적으로 말한다면 '나는 현재의 나로서 사랑받는다.' 혹은 아마도 더욱 정확하게는 '나는 나이기 때문에 사랑받는' 것이리라. 에리히 프롬, 황문수 역, 문예출판사, 1993, p.49.

정말 흘러간 것은 다시 채울 수 없을까

어른이 된 그대의 손에
새롭게 싹이 피기를 조심스레 불어본다

- 「섣달그믐」 中

시집을 읽다 보면 유난히 자주 등장하는 단어를 발견
할 때가 있다. 그것을 두고 무작정 시인의 무의식이 발현
된 경우라고 단정할 수만은 없을 것이다. 그러나 반복되
는 시어를 통해 시인은 물론 독자 역시 유의미한 가치를
건져 올릴 수 있다면 어떤가. 더군다나 시의 주제를 확립
하는 계기로서 작용한다면 그것은 분명 '작정한' 단어가
될 것이다. 시인의 세 번째 시집을 읽는 동안 나는 무수히
많은 '다시'에 동그라미를 쳤다. 처음에는 문장의 쓰임에
필요한 부사어처럼 간헐적으로 등장하더니, 나중에는 '다
시 한 번만 / 다시 한 번만(「아련하다」 中)'과 같은 형태로
작정하고 나타났다.
  '봄' 역시 '다시'와 함께 여러 번 등장하는 단어다. 작품
속에서 두 단어가 합치를 이룰 때 그 상징성은 분명해진
다. 살면서 '오십 즈음엔 봄이 안 오리라 믿었(「그냥, 봄」
中)'는데, 밟기조차 아까운 꽃들이 피어주었다. 예순 즈음
이 되어서도 피어난 꽃을 보며 시인은 '봄은 되풀이되는
게 아니라 / 되살아나는 것(「예순 즈음」 中)'임을 깨닫는다.

이를 통해 '봄'은 부활의 상징이면서, 동시에 '다시' 살아 갈 수 있고 시작해볼 수 있는 근거가 되는 것이다. 시인 은 먼지를 털어 없애는 행위를 통해(「골목에서」中), '한없 이 낮아지는 연습(「환절기의 노래」中)'을 통해, '먼지 가득 묻은 옷을 미련 없이 / 벗어 던지는(「골목에서」中)' 행위를 통해 끊임없이 살아갈 것이다. 살면서 몇 번 더 상처를 겪 게 될지도 모르지만, 지금껏 '신발 끈 두 개가 한꺼번에 풀어지는 일은 없었(「소나기」中)'지 않은가. '젖지 말자 / 젖지 말자(「영종도에서」中)' 외치는 한이 있어도 일단은 살 아 있어야 한다고 끝없이 자신을 북돋운다.

슈퍼 앞 목련 한 그루
삼 일 전에 활짝 피었더니
어느새 후다닥 져 버렸네
꽃잎을 탈탈 털고
수굿이 다시 일 년을 준비하는

나 그대를 기다리듯

-「부활절 소묘」 전문

따라서 '부활절'이 갖는 의미는 남다를 수밖에 없다. 예수의 부활을 기리는 종교적인 날[8], 시적 화자는 목련 나무 앞에 서 있다. 순식간에 져버린 꽃잎들을 보며 내년을 기약하는 그의 모습은 자신에게 있어 가장 절실한 것이 무엇인지 상기하게 한다. 화자가 기다리는 '그대'는 연인일 수도 있고, 새로 돋아날 목련 꽃잎일 수도 있다. 나아가 시간의 흐름을 극복하고 한 번 더 '봄'을 맞이하게 될 화자 자신일 수도 있다. '그대'는 잊히지 않기 위해 영원히 삶 속에서 존재하게 될 대상이다. 종교가 우리의 삶에서 오래도록 기억되는 것처럼 말이다.[9] 이제 우리는 '곧 떠날 겨울의 그늘을 / 짧지만 넉넉히 즐기고(「봄의 그늘」中)' 살 수 있으면 된다. 바야흐로 화자의 삶에도 '봄'이 오고 있다.

"이전 시에 있는 작품을 재수록하는 이유가 있나요?"

"다시 읽어줬으면 하는 마음에서요. 분량도 채워야 하고요."

"일종의 부활이네요?"

---

8) 기독교에서 예수의 부활을 기념하는 축일. "과연 우리는 그 분의 죽음과 하나 되는 세례를 통하여 그분과 함께 묻혔습니다. 그리하여 그리스도께서 아버지의 영광을 통하여 죽은 이들 가운데에서 되살아나신 것처럼 우리도 새로운 삶을 살아가게 되었습니다."『성경』,「로마서」 6장 4절.

9) 시간의 흐름 속에서 모든 것은 가변적이다. 인간 역시 성장하다가 노쇠해지고 결국 죽게 된다. 과거의 시간은 존재하지 않기에 우리는 기억을 통해 그것을 '영원'으로 만든다. 유요한,『종교적 인간, 상징적 인간』, 이학사, 2009, pp.182~184 참조.

시인은 시적 화자의 입을 빌려 자기 자신을 '보잘것없어 마음에 차지 않(「시덥지 않은」中)'는 시를 쓰는 시인으로 표현하고 있다. 사실 그는 누가 보기에도 부족함 없이 우아한 시인이 되고 싶었을 수도 있다. 그러나 그는 달라졌다. 우아한 변명만 일삼으며 살지언정 그가 붙잡고 싶은 삶은 따로 있다. 그는 자신의 죽음을 슬퍼해 주고, 자신의 사진을 보고 자꾸 떠오른다며 눈물을 글썽이는 사람이 있기를 바라게 되었다.

일 년이 지나고
삼 년이 지나도
내가 기댔던 목련 나무의 꽃이 몇 번 떨어지고
아스라한 기억 속에 낙엽이 차곡히 쌓여가도
가끔은 떠올리며 미소 지을 수 있는

그런 사람이 되고 싶다

- 「그리운 사람이 되고 싶다」 中

아마도 시인의 뜰에는 아련한 목련 나무가 피어 있지 않을까. 봄이 끝나갈 무렵 꽃잎은 여느 때처럼 지긋이 내려앉겠지만, 꽃잎이 떨어진 자리에는 무성한 이파리가 돋아날 것이다. 또 여름날에 근사한 그늘이 되어줄 것이다. 시집의 마지막 장에서 나는 시인이 수놓은 파란만장한 삶을 갈무리해보았다. 아등바등 대지 않고 여유 있게 삶을 관조하자, 낮은 곳에서 나와 관계 맺은 사람들을 떠올리고 사랑하자, 일흔이 되어도 여든이 되어도 봄은 찾아오니 다시 살아가보자, 한 번 더 시작해보자…「그리운 사람이 되고 싶다」의 '사람'이 마치 '시'로 대신하여 보이는 것만 같았다. '그리운 시를 쓰고 싶다.'

생각해보니 나는 찰스 디킨스의 『두 도시 이야기』에서 주인공 찰스보다 시드니에게 더 큰 감동을 받았었다. 단순히 외모가 닮았다는 이유만으로 시드니가 찰스를 대신해 단두대에 서지는 않았을 것이다. 그에게는 비록 죽음을 맞이하지만 사랑하는 찰스와 루시를 위해 기꺼이 희생할 용기란 것이 있었다. 자신의 희생으로 더 나은 세상이 온다면, 그야말로 값진 부활이 될 거라고 믿었던 것이다. 다시금 뭉클했다. 찰스 디킨스의 소설도, 시인의 시집도 나를 아낌없이 안아주는 것만 같았다. 인생은 늘 변명 같고, 내려앉고, 멀어져가는 것 같지만, 내가 낸 상처에도 아랑곳 않고 기다려주는 사람들이 있지 않은가. 그 사람들을 위해 나를 희생할 할 수 있다면 인생은 기꺼이 다시 살아도 좋은 것이다. 해마다 어버이날이면 어머니의 가슴에 달아주는 카네이션 '리본'처럼 잊지 않고 살면 되는 것이다. '당신은 제게 정말 고마운 사람입니다.'

한창 시집 해설에 골몰해 있을 때 한 지인을 만났다.

"정희 씨, 머리에 꽂은 리본은 여전하네? 예뻐요." 나는 리본을 'Reborn'으로 옮겨 듣고, 배시시 웃으며 답했다. "그럼요. 저도 살아 있어야지요." 앞으로도 삶은 시인의 시처럼 계속 파란만장할지도 모른다. 수없이 변명하고 쓰러지더라도, 부디 살아 있어라. 다시 시작하라. 우아한 체여도 좋으니.

카페를 나오며 시인은 말했다. "당신에게 시인이란 무슨 의미인가요?" 처음 나의 질문을 끝내 놓지 못하고 있었는지, 그는 간절함이 묻어나는 목소리로 말했다.

"그것이 나의 정체성이거든요."

※참고문헌은 각주로 대신합니다.